AF310612

PETITE CONVERSATION

ENTRE M. GASPARD,

Maître d'École du village de ....,

ET JEAN BLAISE,

Vigneron au même village,

Du Dimanche .... 1849, à la sortie de la grand'messe.

———

PRIX : 15 CENTIMES.

———

Riom,

IMPRIMERIE DE E. LEBOYER, LIBRAIRE.

—

1849.

PETITE CONVERSATION

ENTRE M. GASPARD,

d'École du village de ....,

ET JEAN BLAISE,

Vigneron au même village ,

Du Dimanche .... 1849, à la sortie de la grand'messe.

AVIS DE L'ÉDITEUR.

On sait que les sténographes écrivent aussi vite que l'on parle. Dans son dernier voyage en Auvergne, un de nos compatriotes qui cultive cet art, M. Sabbatier, ayant assisté à une conversation très-intéressante entre M. Gaspard, maître d'école du village de ....., et le citoyen Jean Blaise, vigneron du même village, s'amusa à l'écrire tout entière sans que les deux interlocuteurs s'en doutassent. A son passage à Riom pour retourner à Paris, il voulut bien nous accorder quelques heures, nous parler de cette conversation et nous en lire plusieurs fragments que nous avons retenus de mémoire. Au risque d'être indiscrets nous les publions, ne fût-ce que pour prouver que nos maîtres d'école et nos vignerons d'Auvergne ne sont pas aussi bêtes qu'on pourrait le croire. Mais il ne faut pas qu'on s'attende à trouver ombre de littérature ou de style dans ces fragments. C'est, nous le répétons, une simple conversation à laquelle notre ami, très-fidèle sténographe, n'a pas changé un seul mot.　　　　　E. LEBOYER.

BIBLIOTHÈQUE NATIONALE — R.F. — IMPRIMÉS

I.

M. Gaspard : Eh bonjour, l'ami Jean Blaise, comment vont la santé, les marmots et les vignes?

Jean Blaise : La santé, notre maître, bouloterait assez, les marmots sont tranquilles quand ils dorment, ou qu'on leur donne une croûte à grignotter, mais la vigne va mal, très-mal; si ce temps continue elle gèlera. Ma foi! à la garde de Dieu! si elle gèle, tant mieux! ce sera de la peine de moins.

M. Gaspard : Comment! tant mieux! tu te réjouirais de voir geler la vigne pour n'avoir pas à la cultiver! Tu es donc devenu fainéant, Jean Blaise?

Jean Blaise : Vous savez bien que non, Monsieur Gaspard, et tout le village aussi; mais, tenez, s'il faut vous le dire, je suis las de travailler pour le roi de Prusse. Après avoir nettoyé la vigne, il faut la tailler, lui donner façons sur façons; ramasser le sarment, lier les fagots, acheter et placer les échalas, puis vendanger, transporter la vendange, faire la cuvée, acheter la futaille, payer l'impôt, faire le compte des rats : tout cela coûte les yeux de la tête et ne vaut pas de l'eau claire en fin de compte.

M. Gaspard : Allons! allons! tu exagères, tu cries avant d'être écorché, car enfin, si la vigne coûte, elle rapporte.

Jean Blaise : Ah! oui! beau rapport, vous allez en juger. Toutes les misères que je viens de vous détailler ne reviennent pas à moins de 166 francs, avec l'impôt foncier c'est 176 francs, et cela rapporte, quand il ne gèle pas, quand il ne grêle pas, quand la ville ne coule pas, cela rapporte de 19 à 20 hectolitres..... pour le roi de Prusse.

M. Gaspard : Façon de parler. Le vin vaut ici, bon ou mal an, de 10 à 11 francs l'hectolitre; 20 hectolitres donnent donc environ 200 francs. Ce n'est pas beaucoup, j'en conviens, mais enfin, c'est au moins un louis par hectare.

Jean Blaise : Ah! Monsieur Gaspard, qu'on voit bien que vous n'êtes pas vigneron; vous saurez que, s'il est difficile de faire venir le vin, il est cent fois plus difficile de le vendre. Souvent il faut le donner pour la futaille ou à raison de 6 ou 7 francs l'hectolitre, un sou, cinq liards le litre, et alors ce n'est pas 24 francs que l'on gagne, mais 90 ou 100 francs que l'on perd par hectare. Et puis, vous ne comptez pas les rats, les gabeloux et toute la vermine qu'engendre la régie. Quand j'ai semé du blé ou de l'avoine dans mon champ, l'impôt payé je vends ma récolte ou je la mange et personne ne s'en plaint, elle m'appartient en toute propriété ; mais le vin de ma vigne ne m'appartient pas, je ne puis ni l'enlever ni le changer de place sans une permission du gabeloux, qui se paie si j'ai le malheur de ne pas l'enlever à l'heure dite, et l'on peut se tromper de quelques minutes quand on n'a pour horloge que le soleil ; s'il a plu entre le moment de la permission et celui du transport ; si, pour éviter de tomber dans une mare, je m'écarte de quelques pas à droite, de quelques pas à gauche du chemin qui m'a été désigné, voilà ce gueux de gabeloux qui me tombe sur les épaules, qui dresse procès-verbal, qui me fait payer l'amende, quelquefois même il confisque la marchandise. Que la futaille soit vieille, qu'elle se défonce et laisse couler tout le vin, c'est bien pis, il faut que je paye 10 francs pour avoir involontairement *fait fioler* les grenouilles du marais.

Cela est dur, très dur, père Gaspard, cela est intolérable. Mieux vaut récolter des pommes de terre que du vin ; on trouve toujours à les vendre, parceque rien n'en entrave la consommation ; aucune loi n'oblige à les manger plutôt au gros sel qu'en fricassée, plutôt à la graisse qu'au beurre ; mais il n'en est pas ainsi du vin qui n'appartient jamais à celui qui l'achète pour le revendre. Si je vous vends mon âne, fussiez-vous marchand d'ânes, sauf votre respect, une fois que vous me l'avez payé il vous appartient depuis le bout des oreilles jusqu'à l'extrémité de la queue, vous pouvez le mener chez vous par le licou, monter dessus à bât, ou même à poil, lui faire porter du fumier ou de la salade, le revendre au bout de deux jours, s'il vous paraît d'un mauvais caractère, personne n'y trouvera à redire ; mais si, pour vos péchés, vous êtes marchand de vin, c'est une autre paire de manches : vous êtes soumis à des passavants, à des passe-debout, à des timbres, à des décimes de guerre en pleine paix, à des droits d'octroi, à des droits de consommation, que sais-je ? ça n'en finit plus. De sorte qu'après avoir acheté mon vin et me l'avoir payé, vous en devez encore deux fois le prix à la régie : une première fois pour l'entrée et l'octroi, une seconde fois quand vous l'aurez vendu. Et c'est ici que les exigences du fisc seraient drôles si elles n'étaient odieuses : il demande à l'aubergiste 10 pour cent sur le prix de la vente au détail, et non pas sur la valeur vénale du vin, sur le prix de 6 francs que je l'ai vendu, mais sur celui de 12 francs que, d'impôts en impôts, il se trouvait coûter au moment d'être bu ; en sorte que si l'aubergiste n'avait encore rien payé à la régie, il ne devrait que sur 6 francs, mais comme il a payé 6 francs il doit sur 12. Plus la régie lui a pris et plus elle le fait payer ; plus elle a reçu et plus elle exige.

Qu'arrive-t-il alors ? L'aubergiste ainsi traqué fait la queue à la régie le plus qu'il peut, le bon Dieu lui-même prendrait la peau du diable s'il avait les rats à ses trousses ; l'aubergiste fait venir du vin en contrebande, il trompe la régie sur les quantités vendues ; la régie le sait, et, pour découvrir la fraude, elle traite les marchands de vin absolument comme les cosaques traitent un pays conquis ; elle vient le matin, elle vient le soir, elle vient au milieu de la nuit ; elle fouille, elle furette partout, dans la cave, dans le grenier, dans le fenil, dans le lit des filles, dans le berceau des enfants, partout ; on dit même qu'elle dresse en ce moment des chiens à la chasse du vin et de l'eau-de-vie.

M. Gaspard : Allons, allons ! Blaise, tu railles un peu, mais tu es un brave homme au fond, point égoïste. Je vois que tu t'intéresses presqu'autant aux aubergistes qu'aux vignerons. C'est bien cela, c'est de la fraternité.

Jean Blaise : Par ma foi, elle est un peu intéressée, Monsieur Gaspard, car les tracasseries qu'on fait subir à l'aubergiste c'est le vigneron en dernier ressort qui en est victime. D'abord l'aubergiste achète moins ; ayant tant à payer à la régie il marchande davantage, et le vigneron est obligé de lâcher la main s'il veut vendre, ensuite l'aubergiste met de l'eau dans son vin, la pratique s'en plaint, elle trouve le vin cher et mauvais et naturellement en boit moins. Sans cette abominable régie, on donnerait de bon vin, on le donnerait trois fois meilleur marché, on en boirait davantage et tout le monde y trouverait son compte.

Mais, disent messieurs les gabeloux, la preuve que le vin n'est pas trop cher et qu'il peut bien payer l'impôt qu'on exige de lui, c'est que, dans la montagne surtout les dimanches après vêpres on voit une foule d'ivrognes chercher l'appui des murailles.

Si la régie n'était pas aussi bête que tracassière, elle verrait qu'elle prend son bonnet pour ses chausses et qu'il n'y a des ivrognes que parce que le vin est cher. Est-ce qu'on se grise dans la plaine autant que dans la montagne? — Non. — Pourquoi? Parce que si le vigneron ne peut vendre il peut au moins boire et qu'on n'abuse jamais de ce que l'on a à discrétion. Si le vin ne se vendait que se qu'il vaut, chacun en aurait dans sa cave ; les femmes en boiraient, les enfants en boiraient et s'en porteraient mieux. Au lieu de cela, l'homme seul en boit. Est-il donc étonnant qu'après avoir bu de l'eau toute la semaine, trouvant l'occasion de boire une bouteille le dimanche, il s'oublie jusqu'à en boire deux ou trois? Le malheureux n'en est que plus à plaindre, et la régie semble n'avoir été inventée que pour créer des ivrognes et vexer les vignerons....

Ah! Monsieur Gaspard, quel beau cierge je brûlerai devant l'autel de St-Verny le jour où quelque bon chat nous aura pour jamais délivré des rats. Dieu me pardonne! je serais capable de le baiser, ce bon saint, même à l'endroit où ces farceurs d'Issoire le firent baiser, l'an passé, à l'arracheur de dents de Montargis.

M. Gaspard : Il faut prendre patience, mon ami, voilà les élections. Espérons que la nouvelle Chambre fera droit enfin aux plaintes des vignerons, c'est à eux de nommer de bons députés.

Jean Blaise : Hélas! voilà bien long-temps que l'on nous dit cela : autant en emporte le vent. Tous ces messieurs, quand ils veulent être nommés, nous font de belles promesses, mais ce sont promesses d'Hôtel-de-Ville, comme on dit à Paris. Nous avions autrefois six députés qui faisaient merveilleusement leurs affaires là-bas et point les nôtres ; nous en avons envoyé cette fois 14, et pas un seul n'a dit un mot de nos vignes. Il y en a pourtant parmi eux qui ont la langue bien pendue.

M. Gaspard : Cela prouve, mon pauvre Blaise, que tu n'avais pas nommé précisément ceux qu'il fallait, mais il y a remède. Autrefois les paysans ne comptaient dans l'État que comme leurs chevaux et leurs bœufs, par tête; pour payer la taille ; aujourd'hui , grâce à la République, ils comptent pour autant que les grands seigneurs et les barons du comptoir et de la boutique ; si les affaires particulières des vignerons vont mal, c'est parce que les affaires publiques vont mal aussi , et que les affaires publiques ne vont mal que parce que le gouvernement est mauvais , mais on peut le rendre bon. Lorsque les rois étaient assez insolents et assez heureux pour dire impunément : « L'Etat , c'est moi ! » Il n'y avait qu'à tendre le dos. Heureusement ce temps est passé; aujourd'hui, l'Etat , c'est tout le monde, et comme tout le monde a le droit de mettre la main à l'œuvre, cela peut changer, et cela changera bien sûr.

Jean Blaise : Dieu vous entende, brave M. Gaspard; mais qu'avons-nous à faire pour cela nous autres ? Faut-il pour aider à conduire le char, que nous le tirions par devant, que nous le soutenions par côté , ou que nous le poussions par derrière ?

M. Gaspard : Je te dirai cela et beaucoup d'autres choses, mais l'air est frais, entrons chez moi, et puisque nous parlons vin, allons boire un coup, on devise toujours mieux en vidant bouteille.

Jean Blaise : Sur mon âme, voilà de bon vin ! Il n'a pas poussé en Auvergne celui-là.

M. Gaspard : Non, c'est du Bordeaux.

Jean Blaise : Et vous payez cela, sans être trop curieux ?

M. Gaspard : Il me revient à 9 ou 10 sous la bouteille, pas beaucoup plus cher que la piquette qui se vend chez le père Grégoire.

Jean Blaise : Eh ! parbleu, c'est tout simple, vous ne le buvez pas à l'auberge : vous échappez à la patente , à la licence, aux droits de consommation, de circulation, etc., parce que vous avez le moyen de l'avoir dans votre cave. Mais si vous étiez un pauvre diable comme moi ! et que pour vous reconforter en sortant de maladie vous eussiez besoin d'en acheter quelques bouteilles, vous le paieriez trois ou quatre fois plus cher ; hélas ! toujours aux gueux la besace ! Est-ce que vous trouvez cela juste, père Gaspard ?

M. Gaspard : Je le trouve abominable, mon pauvre Blaise, et ce n'est pas ma faute, je te l'assure. L'antienne que tu me chantes là , je l'ai chantée moi aussi sur tous les tons, mais je ne suis qu'un pauvre maître d'école de village ; on ne m'écoute jamais. Quand j'é- tais jeune, on disait que j'extravagais, bientôt on dira que je radote. Je voudrais pourtant bien ne pas mou- rir avant d'avoir vu abolir les sept impôts qui pèsent sur le vin.

Jean Blaise : Vous êtes bien honnête d'appeler cela un impôt, c'est une véritable confiscation, et l'on nous disait que la confiscation était abolie. Suffit-il donc d'avoir besoin d'argent pour en prendre dans toutes les poches ? Mais tout les voleurs en sont là, avec cette différence qu'ils se cachent, tandis que la régie vous demande la bourse ou la vie en plein midi et de par la loi.

M. Gaspard : Allons, voyons, bois un coup de plus, et calme-toi, c'est aller un peu trop loin. La loi est mauvaise, c'est convenu, mais tant qu'elle existe, il faut la respecter, entends-tu, Blaise? Sauf à ne rien négliger pour la faire abolir.

Or, parlons peu et parlons bien. L'Etat dit qu'il a besoin d'argent, et que si l'on supprimait l'impôt du vin, il faudrait le remplacer par un autre impôt. Trou- verais-tu dans ta tête quelque moyen de lui rendre d'une autre manière une partie de ce que la suppres- sion lui ferait perdre?

Jean Blaise : Ce ne sont pas mes affaires ; moi, je ne vois qu'une chose : ou l'impôt est juste, ou il ne l'est pas ; juste, qu'on le prouve, injuste qu'on l'abo- lisse.

M. Gaspard : Peste, comme tu y vas !

Jean Blaise : Oh ! je n'y vais pas par quatre che- mins. Je ne dormirai tranquille que lorsque je verrai le pays délivré des rats et de cet abominable animal qui vient ici devant tout le monde baiser nos saints par derrière.

M. Gaspard : Quant à celui-là, tu as tort de lui en vouloir. Il est des hommes qui, par goût, par tempéra- ment, par habitude et par métier, ne regardent jamais les gens en face. Ils sont ainsi faits ; mais c'est de nos vignes qu'il s'agit.

Tu trouves mon vin bon, et cependant il ne paie pas plus de droits que le tien. Est-ce qu'il n'y a rien à dire à cela ?

Jean Blaise : Il y a tant à dire, c'est une iniquité

criante, honteuse, et cependant telle est l'absurdité de l'impôt que le remède serait pire que le mal.

M. Gaspard : Pourtant il me semble qu'on pourrait faire payer plus au vin qui vaut cent sous la bouteille qu'à celui qui ne vaut que six sous le litre.

Jean Blaise : On le devrait sans doute, mais comment constater que le vin est de tel pays et vaut tant, que tel autre ne vaut que tant. La régie aurait une nouvelle classe de gabeloux qu'on appellerait les dégustateurs et qui nous en feraient voir de belles, ma foi! Ils viendraient goûter et taxer nos vins ; il les trouveraient détestables ou bons, suivant qu'ils seraient à jeun ou après-boire, ils nous feraient payer ce qu'ils voudraient et plus, ce serait à n'en plus finir.

Tenez, à bien y réfléchir, je ne vois qu'une seule chose possible. — Peut-être, pour n'avoir plus affaire aux rats, les vignerons consentiraient-ils à leur jeter de loin quelques couennes de leur lard, je veux dire qu'ils paieraient volontiers quelque chose de plus sur l'impôt foncier : à une condition toutefois que les vignes de Bordeaux qui produisent du vin comme celui-ci paieraient quatre fois plus que les nôtres, puisque le vin de Bordeaux vaut quatre fois plus que le vin d'Auvergne.

M. Gaspard : C'est de toute justice, mais cela ne suffirait pas. Sans rejeter ton moyen, il me semble qu'il y en a d'autres et de bien meilleurs, de bien plus sûrs....

Jean Blaise : Ah ! sournois, vous m'interogez et vous en savez plus que moi ; vous faites l'âne pour avoir du foin. Eh bien ! ces moyens, faites les moi donc connaître, quels sont-ils?

M. Gaspard : Dam ! c'est que tu es bien bavard, et j'ai trop besoin de mes yeux pour m'exposer à me les faire arracher.

Jean Blaise : Oh ! parlez sans crainte, foi de vigneron et de Jean Blaise, je jure que je serai discret comme un confesseur, et que si pour son bien je dis la chose, je ne dirai jamais de qui je la tiens.

M. Gaspard : Je te crois, et puisqu'il en est ainsi, je consens, mais cela doit venir de loin ; tous les impôts se tiennent ; pour en faire tomber un, il faut en faire trébucher d'autres. Je t'ai écouté, écoute-moi à ton tour.

Tu viens de me conter tes peines à l'endroit de la vigne, et tu me les a fort bien contées ; tu te crois malheureux, et tu l'es en effet , mais pas beaucoup plus que le laboureur qui récolte du blé et dont tu paraissais tout à l'heure envier le sort ; lui aussi il paie une grosse taille, et après les contributions directes il a les contributions indirectes , les centimes additionnels , supplémentaires , extraordinaires, l'impôt de consommation, etc., etc.

Sais-tu d'abord ce que c'est qu'un milliard?

Jean Blaise : Je suppose que c'est beaucoup d'argent, mais je n'ai jamais compté jusque-là.

M. Gaspard : Tu sais bien ce que c'est que cent mille francs?

Jean Blaise : Oh! pour ça, oui ; c'est cent fois mille francs.

M. Gaspard : Eh bien ! dix fois cent mille francs font un million , et dix fois cent millions font un milliard. Or, tous les champs, tous les prés, toutes les vignes , tout ce qui est au soleil en France , forme ce qu'on appelle le domaine agricole de la France, et ce domaine est estimé 45 milliards. C'est un beau domaine , comme tu vois ; ce qui le gâte un peu , c'est qu'il est endetté pour plus de la moitié de sa valeur. Le gouvernement, malgré les quinze ou dix-huit cents millions qu'il tire tous les ans de nos goussets , trouve encore le secret de faire des dettes. Il doit plus de cinq milliards ; les propriétaires en doivent pour leur propre compte à peu près quatorze, sans parler de ce qu'ils empruntent sur billet ou par obligation.

Mais je vois que tu bailles : les gros comptes t'ennuient à ce qu'il paraît : faisons-en de petits ; les petits sentiers conduisent à la ville aussi-bien que les grandes routes, et ils sont plus courts.

Prenons pour comparaison ton cousin Léonard dont le bien vaut vingt mille francs et rapporte en blé, en avoine , en foin , en pommes de terre environ 400 fr. de revenu : ton cousin doit d'abord sa part dans la dette de l'Etat, et ses prés sont hypothéqués pour une somme assez rondelette. Je crois qu'il doit aussi quelque bagatelle à M. Rapinard , l'usurier du canton, lequel lui prend douze ou quinze pour cent d'intérêt, sans compter les bouteilles de vin qu'il se fait payer chaque fois qu'il renouvelle son billet à la St-Jean ou à la St-Martin. Or, sur ses 400 fr. de rentes, ton cousin est obligé de payer avant tout sa part dans la dette de l'Etat. Mais il ne suffit pas de payer l'intérêt des dettes de l'Etat, il faut encore le faire vivre, et c'est un gros viveur que l'Etat! Il mange comme quatre.

Comptons maintenant.

Les contributions directes, l'impôt sur le sel, sur le port des lettres, sur le morceau de lard que la ménagère met le dimanche dans la marmite, sur les chopines que le père Léonard boit le jour du marché; tout cela bien compté fait au bout de l'année 165 fr. payés au percepteur. Ne mettons pour l'intérêt de ses dettes que 140 fr., voilà déjà 305 fr. et ce n'est pas tout. Ton cousin, comme tout le monde, a quelquefois affaire au notaire, à l'avoué, à l'avocat, a l'huissier, au médecin... Ne portons en tout que 30 fr. par an, tu vois que je ne l'écorche pas, à beaucoup près, autant que ces messieurs. Il est vrai que je ne compte pas les poulets, le fromage, le beurre et les œufs, quelquefois les lièvres qu'on est dans l'habitude de leur apporter pour se les rendre favorables : voilà 335 francs de dépenses forcées sur un revenu de 400 fr. Que reste-t-il donc à notre ami Léonard? Il lui reste de 65 à 66 fr., sur lesquels il doit faire la part de la gelée, de la grêle, de la mortalité des bestiaux, et d'une foule d'autres accidents. Une mauvaise récolte, la perte d'une vache ou d'une truie pleine le mettent pour plusieurs années en arrière. Il faut entretenir le bâtiment, les charrettes, les charrues, etc. : il faut faire la part du curé et du sonneur des cloches quand il a le malheur d'enterrer quelqu'un. Quand il marie sa fille et quand arrivent les moutards, qui arrivent toujours en Auvergne, il faut aussi faire ma part à moi, quoique bien petite, il est vrai, mais enfin qui compte quand il envoie ses drôles à mon école.

Mon pauvre Blaise, ce n'est pas avec 65 fr. qu'on fait tout cela, et nous n'avons pas réservé un sou pour la nourriture. Aussi ne dépense-t-on pas un sou dans la famille Léonard ; jamais de viande de boucherie, jamais rien de ce que ne produit pas la maison. Un peu d'eau bouillie avec gros comme un liard de beurre et une pincée de sel, voilà la soupe. Un morceau de fromage et du pain noir arrosé d'une cruche d'eau, voilà le fricot des quatre repas de l'été ; pour les trois repas

de l'hiver, on a le luxe des pommes de terre , quand
elles ne pourrissent pas dans les champs , comme depuis trois ou quatre ans. Les poulets, lesœufs et même
la moitié du fromage et du beurre dont on aurait si
grand besoin, pour trouver le pain moins sec, tout cela
on le vend pour acheter le-sel , le savon , le soc des
charrues , les faulx , les faucilles , etc., etc. On vend
aussi le froment qui fait le pain blanc, pour acheter du
seigle ; le pain blanc n'est pas fait pour ceux qui le font
venir. Et c'est avec une telle nourriture que la famille
travaille tout le long du jour à l'injure du temps. L'hiver, pendant que les hommes battent du blé dans la
grange ou raccommodent leur charroir, les femmes
filent jusqu'à minuit la laine et le chanvre pour faire
les habits et les chemises ou gagner de quoi s'acheter
un bonnet, un mouchoir. Pour épargner la dépense
d'un peu de feu , elles se réunissent une douzaine afin
de s'échauffer les unes par les autres dans un cabinet
infect ou dans l'étable des vaches. Et avec tout cela
on ne joint pas les deux bouts ! C'est bien pis , quand
il y a dans la maison un beau garçon qui commence à
devenir grand , il faut songer à la conscription sept
ou huit ans d'avance, et réunir le pécule du remplace-
ment. Aussitôt après sa première communion, le voilà
obligé d'aller à la *marre*, bien loin de ses montagnes,
le pauvre enfant, bien loin de sa mère et de son curé,
dont les sages conseils lui seraient si utiles ; il va dans
les grandes villes, dans ces foyers de corruption d'où
il rapporte un peu d'argent et beaucoup de vices ,
quand il n'y laisse pas sa vie ou sa santé ! Mon ami ,
mon ami, les paysans sont cent fois moins heureux que
leurs chevaux et leurs bœufs qui ne sont pas heureux
non p'us

Jean Blaise : Ah ! père Gaspard, que tout cela est ef-
frayant de vérité ! Mais vous qui savez tant de choses,
pourriez-vous me dire s'il en a toujours été ainsi?

M. Gaspard : Ainsi non , ça été cent fois pis. Tu te
plains de la régie et tu n'a pas tort ; mais c'était autre
chose il y a à peine 60 ans. Tu n'étais pas propriétaire
de ton bien, alors que tu n'en étais que le fermier. Tu
payais la taille tout comme aujourd'hui, et de plus tu
payais le cens et la dîme. Sur dix gerbes, on t'en prenait une, sur dix pots de vin, on t'en prenait un, si tes
brebis faisaient dix agneaux, il ne t'en restait que neuf,

Aux yeux de ton seigneur et maître, tu n'étais qu'un manant, ce qui ne l'empêchait pas de t'enlever ta femme, pour peu qu'il la trouvât à son gré, et de déshonorer ta fille ; et si, bien loin de trouver cela mauvais, tu ne lui disais pas grand merci, monseigneur, pour tant d'honneur et de bonté, il te rouait de coups de bâtons. Quelques années plutôt c'était bien mieux, il pouvait te tuer tout à fait, moyennant une somme d'argent qu'il payait à la famille, comme tu donnerais vingt sous pour le panier d'œufs d'une pauvre femme que tu aurais renversé par mégarde. Les lièvres et les lapins de sa garenne venaient manger ton blé, ton avoine et tes choux ; il fallait les laisser faire ; si tu avais le malheur d'en troubler un dans son repas, il y avait pour toi peine de mort, et l'on te pendait sans forme de procès au premier arbre venu. Tant d'insolence fit couver l'indignation dans tous les cœurs, elle éclata un beau soir, et la révolution de 89 vint apprendre à l'univers que tous les hommes sont égaux, et qu'ils se rendent libres quand il leur convient de le devenir.

Quel beau soleil que celui de 1789 ! et qu'il promettait de belles récoltes ; mais l'homme abuse de tout. Celui qui est privé de vin se grise, m'as-tu dit, quand il trouve l'occasion d'en boire ; il en est de même des peuples qui ont été long-temps esclaves, ils abusent de la liberté ; c'est ce que firent nos pères en 93. Ils eurent assez peu de générosité pour se venger de leurs anciens ennemis devenus patients à leur tour ; ils ne savaient pas, les imprudents, que la vengeance conduit au crime, le crime à l'anarchie, l'anarchie au despotisme ; Napoléon s'est chargé de le leur apprendre.

Jean Blaise : Ah ! parlez-moi de celui-là. Voilà un grand-homme !

M. Gaspard : Personne plus que moi ne rend justice à son génie et même à plusieurs de ses intentions, mais j'aurais préféré qu'il fût moins grand, plus ami de la liberté de son pays, et que, dans l'intérêt de sa famille, il ne nous eût pas mis trois révolutions sur les bras.

Jean Blaise : Et comment cela ?

M. Gaspard : Il commença d'abord par escamoter à son profit, par mettre dans sa poche tout ce que nous avions conquis de la liberté en se faisant Empereur, en rétablissant la monarchie que nous avions renversée. Ce n'était rien encore, s'il n'eût eu l'orgueil de mettre des frères et ses beau-frères sur tous les trônes de l'Europe. Les rois trouvèrent mauvais qu'on vînt prendre leur place, c'était assez juste, et nous firent une guerre abominable. Il est vrai que nous leur taillâmes d'abord ses croupières, et quelles croupières ! mais tant va la cruche à l'eau qu'à la fin elle se casse : nous finîmes par être battus et par payer l'amende. Que de mal cet homme-là a fait à la France et il en fera encore !

Jean Blaise : Ce n'est pourtant pas ce que l'on dit.

M. Gaspard : Ceux qui disent le contraire trompent le peuple ou sont des ignorants qui ne savent rien et ne comprennent rien.

Jean Blaise : Ainsi, d'après vous, les Français ne furent pas heureux même sous Napoléon ?

M. Gaspard : Les Français sont de grands enfants. Ils aiment le bruit, l'éclat et la gloire. L'Empereur leur donna du bruit, de l'éclat et de la gloire. Cela les amusa pendant quelque temps. Mais lorsqu'ils virent que leurs femmes ne faisaient des enfants que pour les envoyer à une boucherie de chair humaine, qu'en fait de liberté ils n'avaient que celle de se taire, d'aller se faire tuer à la frontière, et de s'entendre appeler pékins par de beaux officiers devenus plus insolents que les nobles d'autrefois, ils virent bien qu'ils avaient fait une sottise, et pour la réparer ils en firent une plus grande en abandonnant Napoléon dans ses revers.

Jean Blaise : C'est égal, c'était un fier homme que Napoléon ; jamais les rois ni les républicains ne gagnèrent des batailles comme lui.

M. Gaspard : Je conviens que c'était un fier homme, il eût mieux valu que ce fût un bon roi puisqu'il avait voulu l'être. Quant aux batailles, il en a gagné de fort belles, mais la République en a gagné de tout aussi grandes et surtout de plus difficiles. Napoléon lui-même n'a dû ses plus brillants succès qu'aux années de la République. Sais-tu bien qu'en 92 les rois de l'Europe, pour nous punir d'avoir osé nous rendre libres, envoyèrent contre la France républicaine quatorze armées auxquelles la France répondit par quatorze armées ? Nos volontaires étaient en haillons, sans souliers, c'étaient des paysans ; ils manquaient de fusils, mais ils avaient des fourches, et l'ennemi ne vint pas à Paris comme en 1814 et 1815. Sais-tu que les deux plus belles campagnes de Napoléon, la première campagne d'Italie et l'expédition d'Egypte, ont été l'œuvre des armées républicaines ? Tant que ces armées-là ne furent pas détruites, Napoléon fut invincible. Il n'en a pas été de même de celles qui leur ont succédé. Elles étaient tout aussi braves sans nul doute, mais réduites à elles-mêmes et commandées par plus d'un traître. La nation, dont l'élan est tout, ne s'est pas levée alors comme un seul homme; on ne se lève ainsi que pour défendre son clocher, sa maison, sa femme, ses enfants, et non un Empereur; la nation, au contraire, et je l'en blâme, s'est montrée tout aussi facile à abandonner Napoléon qu'elle s'était montrée prompte à se faire un prestige de ses victoires, comme si la première vertu d'un homme d'État était de ravager la terre.

Mon ami, l'ambition de l'Empereur a été la grande cause, je pourrais dire l'unique cause de nos malheurs actuels. Sa chute nous ramena les Bourbons et les nobles qu'il fallut remplumer à nos dépens. Comme l'Empereur avait enrichi à nos dépens ses généraux qui l'en récompensèrent si bien, sa chute nous attira deux fois les alliés auxquels il fallut donner un milliard. Le quart de notre dette nous vient de là.

Arriva ensuite la restauration qui donna aussi un milliard à ses émigrés et augmenta la dette et la taille d'un autre quart. Les sottises de la restauration nous amenèrent un gouvernement plus détestable encore, celui de Louis-Philippe. Oh! voilà le pire de tous. C'était le règne de l'argent, c'est-à-dire des usuriers, des voleurs. On punissait bien encore les maladroits qui se laissaient prendre la main dans le sac pour voler un mouchoir ou cent sous, mais les habiles, les véritables fripons savaient éviter les galères, devenaient pairs de France et les chefs de la justice.

Sous ce gouvernement-là, les impôts ont été presque doublés et n'ont jamais suffi. La dette a été augmentée de près de moitié. Il ne fallait pas au roi en personne, de droite ou de gauche, moins de 60 millions, près de 200 mille francs par jour. Quand il mariait ses filles et ses garçons, et tu sais combien il en avait, il nous fallait les doter. Nous avons payé un million pour le duc d'Orléans, un million pour la reine des Belges, et on nous demandait encore, on nous demandait toujours.

Jean Blaise : Je tombe d'accord avec vous que l'Empire, la Restauration et le gouvernement de juillet ne valaient pas le diable , mais est-il possible d'être bien gouvernés?

M. Gaspard : Oui , Jean Blaise, et il suffit pour cela de s'entendre et de vouloir.

Jean Blaise : Et qu'est-ce que c'est qu'un bon gouvernement?

M. Gaspard : C'est celui où les citoyens sont aussi libres qu'il est possible et sous lequel les impôts n'écrasent pas le pauvre peuple.

Jean Blaise : Et comment s'appelle un gouvernement comme celui-là?

M. Gaspard : Le nom ne fait rien à l'ffaire. Il s'appelle République , si l'on veut , il pourrait s'appeler *Royauté.*

Jean Blaise : Il n'**y** a donc pas de différence entre les deux ?

M. Gaspard : Une différence énorme, si énorme que la royauté ne peut être bonne que par accident , tandis que la République ne peut être mauvaise que **par** accident.

Jean Blaise : Expliquez-moi cela un petit brin ?

M. Gaspard : La royauté est le gouvernement d'un seul homme qui transmet son pouvoir à ses héritiers. La République est le gouvernement de tous confié pour un temps à celui qu'on croit le plus digne.

Jean Blaise : Et quel est le meilleur des deux?

M. Gaspard : Un bon roi vaudrait une République. Mais les rois ne vivent pas toujours , un bon roi peut avoir un mauvais fils, ou un fils imbécille, ce qui revient au même. La preuve de cela est écrite dans notre histoire : sur soixante et tant de rois on en compte 8 ou 10 qui ont été assez capables, et 3 ou 4 tout au plus assez honnêtes ; 3 ou 4 en plus de 1,400 ans. Vois donc que de générations ont dû souffrir. Il en est des rois comme de notre voisin Guillaume qui était de son vivant le plus honnête homme, et l'homme le plus laborieux du village. Il avait fait bonne maison , tous ses voisins l'aimaient. Mais son fils ivrogne , querelleur, paresseux, a dépensé en quelques années ce que son pauvre père avait ramassé en 50 ans. Il s'est fait haïr de tout le monde, il a eu plusieurs fois maille à partir avec la justice , et j'ai bien peur que s'il meurt dans un lit, ce ne soit à l'hôpital.

Un roi est un maître. Pour s'en débarrasser , quand

il est mauvais, il faut une révolution, c'est-à-dire faire tuer des hommes, augmenter la taille, détruire la confiance et arrêter pour long-temps les affaires.

Avec la République, c'est bien différent, le président n'hérite pas de son père ; il est nommé par la nation qui peut le révoquer. On ne le nomme que pour un temps ; s'il fait mal ça ne dure pas ; on en change au moyen de petits papiers qu'on jette dans une boîte ; ce n'est pas plus difficile que cela, au lieu de le faire à coups de fusils. Sous la République, en un mot, le peuple dispose toujours de son sort : ceux qui nous gouvernent ne sont, comme cela doit être, que ses commis.

Jean Blaise : De telle sorte que la République est le meilleur de tous les gouvernements ?

M. Gaspard : Le meilleur de toutes les façons. Il n'y a pas de roi, il n'y a pas de cour, point de liste civile, point de princesses à marier, de princes à doter, d'aides de camp d'antichambre, de chambellans, de courtisans, de haute et basse valletaille, de laquais à nourrir pour ne rien faire, et toutes ces économies permettent de diminuer les impôts.

Jean Blaise : Ah ! père Gaspard, pour celle-là je ne vous la passe pas : si nous n'avons plus de cour à payer, nous payons les députés, ça revient au même, c'est toujours bonnet blanc ou blanc bonnet.

M. Gaspard : Les députés qu'on ne paie pas sont toujours ceux qui coûtent le plus cher.

Ils se vendent au gouvernement, se font donner de belles places et de gros traitements, et pour plaire aux ministres dont ils sont les compères, ils augmentent la taille. Ce sont les bergers qui s'entendent avec les loups pour manger le mouton. Tu dois savoir cela ; nous avons eu beaucoup de ces bergers-là dans notre Puy-de-Dôme.

Ensuite tu comptes mal. Tes 750 députés, car tu n'en auras plus que 750, te coûteront 18,750 fr. par jour, tandis que Louis-Philippe tout seul t'en coûtait 200 mille. Il y a de la différence.

Jean Blaise : Passe pour cela, mais je ne vous en tiens pas moins. Le meilleur gouvernement étant d'après vous celui sous lequel on paie le moins d'impôt, je ne m'aperçois pas que votre République de Février vaille mieux que l'Empire, la Restauration et Louis-

Philippe, car au lieu de payer moins, nous avons payé davantage. Oubliez-vous donc les 45 cent.?

M. Gaspard : Mon ami, tu aurais raison si l'augmentation ou même le maintien des impôts était le fait de la République. Il n'en n'est rien. D'abord, pour chasser Louis-Philippe il a fallu faire une révolution, et les révolutions, je te l'ai dit, coûtent cher ; ensuite la République pour empêcher la France de faire banqueroute, a été obligée de payer non pas ses dettes à elle, mais les dettes de l'Empire , de la Restauration et du gouvernement de Louis-Philippe.

Si le gouvernement provisoire avait été moins honnête, il aurait envoyé promener les créanciers ; s'il avait été rigoureux , au lieu de s'adresser à tout le monde, il aurait fait payer les 45 cent. en entier aux banquiers, aux usuriers, aux millionnaires qui seuls ont été la cause de ce nouvel impôt en fermant leurs caisses, eux qui ont tout l'argent, et cela pour mettre la République dans l'embarras. Ils espéraient alors la faire mourir de faim, comme ils espèrent aujourd'hui la tuer en trompant les paysans.

Jean Blaise : Je ne comprends pas bien. La République étant le meilleur gouvernement, l'est tout aussi bien pour les millionnaires, les banquiers, les usuriers que pour les autres, pourquoi veulent-ils donc la renverser?

M. Gaspard : La République est le meilleur gouvernement pour les honnêtes gens, pour ceux qui veulent vivre en travaillant ; mais pour ceux qui veulent des places, qui veulent vivre sans rien faire aux dépens de tout le monde, pour les usuriers, les banquiers qui volent l'Etat, qui volent les particuliers, la République est un mauvais gouvernement, parce qu'elle empêche de voler , parce qu'elle est l'ennemi des fainéants et gourmands, voilà pourquoi ils veulent la renverser.

Jean Blaise : Je ne m'étonne plus que M. Rapinard en dise tant de mal.

M. Gaspard : Je comprends les affections et je les respecte. Je comprends que l'attachement de certaines personnes pour des familles royales les porte à croire que la royauté vaut mieux que la République, mais ce n'est là qu'une exception. Tiens pour certain, en thèse générale, que sur douze personnes qui disent que la République est

BIBLIOTHÈQUE NATIONALE R.F. IMPRIMÉS

un mauvais gouvernement, il y a huit imbéciles et quatre fripons.

Certainement la Répub'ique n'a pas été depuis le 24 février ce qu'elle aurait dû être. De bon compte pouvait-il en être autrement? Quand tu attèles un bœuf pour la première fois est-ce qu'il ne fait pas un peu des siennes, même en se fatiguant beaucoup? Est-ce qu'au lieu de tirer droit il ne va pas tantôt à droite tantôt à gauche, surtout si le bouvier lui-même en est à son apprentissage? Quand tu mets des souliers neufs, les pieds y sont-ils aussi à l'aise que dans les vieux souliers qui tiraient l'eau? Non, ils te gênent pendant quelques temps et finissent par aller. Que penserais-tu, dis-moi, de ceux qui prétendraient qu'il ne faut jamais atteler de jeunes bœufs ni porter de souliers neufs? Tu penserais que ce sont des nigauds, et c'est ce que sont ceux qui voudraient que la République eût roulé dès le premier jour comme au bout de dix ans. Il faut du temps pour tout : Clermont ne s'est pas fait en un jour.

Le Gouvernement provisoire a commis des fautes, dit-on : qui le nie? Mais qui aussi peut contester ses bonnes intentions et ses efforts pour que tout allât bien? Il en est de même de l'Assemblée nationale, composée cependant un peu au hasard. Il y a eu là-dedans des hommes qui ont changé d'opinion plus souvent que de chemise, comme M. ......, par exemple, qui, du rouge cramoisi a passé au brun, du brun au gris sale, et de nuance en nuance a fini par complètement déteindre et par traiter les affaires de la République comme il traite apparemment ses malades. Eh bien ! malgré tout cela, malgré les M. ...... et gens de même farine, cette Assemblée qui n'a duré qu'un an a fait pour le peuple beaucoup plus que toutes les chambres monarchiques ensemble pendant cinquante ans. Elle a réduit l'impôt sur le sel, et il faut lui en savoir gré, quoiqu'il eût mieux valu réduire l'impôt sur les vins ; elle a réduit le port des lettres, elle a détruit une foule d'abus et opéré un grand nombre d'économies. Elle aurait fait bien davantage si elle eût pu construire à neuf au lieu de rebadigeonner les vieux bâtiments de la monarchie. Pour une chambre faite de pièces et de morceaux, ça n'a pas été une trop mauvaise chambre, et je m'abonnerais pour mon compte plutôt à celle-là qu'à celle qui lui succèdera.

Jean Blaise : Père Gaspard, vous voilà lancé dans vos

grands sermons, on voit bien que vous avez étudié pour être prêtre; mais le temps passe, le premier coup de vêpres a sonné, revenons à nos moutons, c'est-à-dire à nos vignes et à notre fameuse recette contre les rats.

M. Gaspard : Patience, mon ami, je n'oublie ni les vignes, que j'aime, ni les vêpres que je chante au lutrin. M'y voici, mais.... encore un verre, finissons la bouteille.

Dis-moi, toi qui détestes tant les rats, sais-tu en quel nombre ils sont, et ce qu'ils mangent?

Jean Blaise : Non, père Gaspard, je ne les ai jamais comptés, et je n'ai jamais dîné avec eux : nous ne trinquons pas ensemble

M. Gaspard : Eh bien ! ils sont au nombre de huit mille et ils mangent vingt millions par an, plus du quart de ce qu'ils grapillent pour l'État, en grattant, en furetant partout. Un rat dépense quatre sous pendant que le percepteur ne dépense pas tout à fait un sou pour faire rentrer la même somme. Tu n'avais donc pas tort en disant que tout était abominable dans l'impôt sur les vins, et tout est presque aussi abominable dans les autres impôts. Ecoute-moi sans m'interrompre.

Tu connais le pré de Lassaigne, de ton cousin Léonard. Il est de deux hectares et il touche à celui de M. de Flicflac qui est de deux cents hectares. M. de Flicflac paie dix francs de taille par hectare, ce qui lui fait deux mille francs, ton cousin paie dix francs aussi par hectare, ce qui lui fait vingt francs. Est-ce que c'est juste ça?

Jean Blaise : Dame, je crois que oui. A dix francs l'hectare le compte est juste.

M. Gaspard : Le compte, oui, mais l'impôt, non : car le même ruisseau qui arrose les deux hectares de Léonard arrose les deux cents hectares de M. de Flicflac, la pluie qui tombe pour l'un tombe pour l'autre, le même soleil qui fait pousser l'herbe ici la fait pousser là; mais M. de Flicflac use plus de soleil et plus d'eau que Léonard, il devrait donc payer davantage. M. de Flicflac a de gros revenus au bout de l'an, et Léonard n'en a pas. M. de Flicflac pourrait donc payer quatre fois ce que paie Léonard, sans s'en apercevoir, sans manger un poulet de moins; tandis que ce que paie Léonard le prive d'une chopine, d'un morceau de lard, quelquefois même l'oblige d'aller trouver M. Rapinard, quand les toiles se touchent. Pour que les

choses fussent bien faites, il faudrait que M. de Flicflac
payât un peu plus, et que Léonard ne payât rien du tout,
car l'impôt, pour être équitable, — retiens bien ceci —
doit être prélevé sur le superflu du riche avant d'attaquer
le nécessaire du pauvre.

Un autre exemple te fera mieux comprendre l'affaire.

Tu te souviens que nous avons dîné ensemble chez M.
le curé, le jour de la fête de St-Verny. Il y avait grand
gala à la cure, M. le curé recevait ses confrères. Tu comp-
tais les plats, ils étaient au nombre de 24. Pendant que tu
faisais ripaille avec nous, la femme et tes enfants fêtaient
aussi le saint de leur côté. Il y avait au logis ce jour-là
du pain blanc, du jambon et de véritable vin au lieu de
piquette.

Eh bien ! la matière imposable est composée de tables
bien et mal servies. Suppose donc que le jour de Saint-
Verny, M. l'impôt fût venu à passer de maison en maison,
et qu'ayant à remplir son bissac, il se fût contenté de
prendre chez M. le curé, où il y avait à dîner pour qua-
rante, et nous n'étions que dix, deux livres de pain, deux
livres de viande et une bouteille de vin ordinaire, respec-
tant les pâtés, les poulets, les perdrix, les vins fins et les
liqueurs, et qu'arrivé chez toi, il eût râflé les trois quarts
de la miche, du jambon et de la bouteille de Mme Jean
Blaise, est-ce que cela t'aurait paru juste? Est-ce qu'il
n'aurait pas mieux valu débarrasser M. le curé de ce qu'il
avait de trop ce jour-là, plutôt que de venir arracher les
morceaux de la bouche à ta femme et à tes enfants? Voilà
pourtant comment l'Empire, la Restauration et Louis-
Philippe ont établi l'impôt. Ils ont tous écrasé le monopole
pour épargner les gros.

Encore un exemple.

Ton fils Guillot a dix-huit ans. Il tire au sort dans deux
ans ; s'il tombe, il faudra qu'il achète un homme. Cet
homme lui coûtera de 1,800 fr. à 2,000 fr., sans compter
les frais de voyage et d'auberge. Il y a six ans que Guillot
travaille pour ramasser cette somme. Il ne l'aura pas tout
entière dans deux ans ; s'il veut se faire exempter, il faudra qu'il emprunte et qu'il travaille encore pendant deux
ou trois ans. De sorte qu'en fin de compte, ton fils, pour
ne pas servir l'Etat comme soldat pendant sept ans, aura
servi des maisons pendant dix ans, c'est toujours servir.

Mais M. de Flicflac a un fils du même âge que le tien ;
il l'exemptera pour la même somme de 1,800 fr. à 2,000 f.
Cette dépense les privera tout au plus pendant un an d'une
voiture neuve, d'un cheval fringant ou d'une maîtresse,
car ces messieurs ne sont pas comme nous, ils ne se con-
tentent pas de leurs femmes, ils profitent de leur misère
pour acheter et débaucher les jolies filles du pauvre peuple. Est-ce qu'il est juste que le fils de M. de Flicflac ne
paie pas son remplaçant plus cher que ton Guillot? Si ton
Guillot donne pour être remplacé dix ans de sa vie , ne
faudrait-il pas, pour qu'il eût égalité, que M. de Flicflac
donnât dix ans de son revenu.

Passons à autre chose, ce sera mon second point.

Je t'ai dit que le domaine de la France valait 45 milliards. Eh bien! l'argent sur lequel trafiquent les banquiers et les usuriers , l'argent qui est employé dans les
canaux, dans les entreprises de toute espèce, l'argent que
reçoivent les rentiers, tout cela et beaucoup d'autres choses composent la fortune qu'on appelle mobilière. Cette
fortune mobilière est égale à la fortune immobilière qui
se compose des prés, des champs, des vignes, etc. Et cependant la richesse mobilière ne paie que trois sous, là où
la fortune immobilière en paie sept ; ça n'est pas juste non
plus , mais cela est ainsi, et cela est ainsi parce que les
gros ont fait les lois. Le peuple ne nommait pas les députés sous la monarchie, c'étaient les gros , et les députés ne
faisaient que les affaires des gros. C'est pour cela que nous
payons tout et qu'ils paient si peu. Mais sous la République il faut que cela change , et cela changera, à moins
que le peuple ne soit assez bête pour nommer des députés
qui fassent encore les affaires des gros, au lieu de faire les
siennes.

Tu vois donc bien que si l'on faisait payer à la propriété
mobilière, en proportion de la propriété immobilière, on
trouverait plus d'argent qu'il n'en faudrait pour diminuer
de moitié la taille. Et il ne faut pas se contenter de trouver de l'argent, il faut faire des économies. Qu'est-ce que
nous avons affaire de ces demandeurs de places où il n'y
a rien à faire, de ces fainéants et de ces gourmands qui
voudraient apprendre à jouer le rôle des grands seigneurs
d'autrefois? Qu'ils travaillent et ils vivront!

Que dis-tu de tout cela, Jean Blaise? Si tu n'y vas pas

par quatre chemins, je n'y vais pas de main-morte non plus; je viens de t'en indiquer là dix fois plus qu'il n'en faut pour chasser les rats de la vigne et de la cave. Et pourtant je ne t'ai pas tout dit, mais c'est assez pour aujourd'hui.

Jean Blaise : Vous en savez long, bien long, père Gaspard, mais croyez-vous que ces possesseurs d'écus ne trouveront pas le secret de les cacher si bien qu'on ne saura où les prendre.

M. Gaspard : Ils les cacheront sans doute, mais nous mettrons à leurs trousses les rats dont nous n'aurons plus besoin, et sois sûr que ces gaillards feront tout aussi-bien la chasse aux écus qu'aux bouteilles.

Jean Blaise : Et quand croyez-vous que cela puisse se faire ?

M. Gaspard : Ceci dépend de tes députés, c'est-à-dire de toi. Si tu as la main heureuse, tu verras disparaître la régie et diminuer la taille ; si tu l'as malheureuse, les choses resteront comme elles sont, si elles ne deviennent pires.

.... et à propos... qui nommerons-nous cette fois ?

Jean Blaise : Mais voilà précisément ce que je voulais vous demander, notre maître. On nous corne tant de choses aux oreilles que c'est à n'y plus rien comprendre. M. Fagolin l'avocat qui a plaidé pour moi dernièrement à l'occasion de cette muraille de mon étable que vous savez, prétend qu'il nous faut nommer des députés qui nomment M. Louis-Bonaparte empereur. M. Gribouillard, l'huissier de la ci-devant marquise de la Pigeonnière, nous recommande de nommer des députés qui rappellent Henri V. M. Minute, notre honoré notaire et maire, veut que nous nommions tous les anciens députés de Louis-Philippe, pour faire venir au plus vite la duchesse d'Orléans ou le prince de Joinville.

M. Gaspard : Et quels sont les grands personnages du lieu qui te conseillent de nommer des représentants républicains?

Jean Blaise : Oh ! absolument aucun. Mais tous nous promettent que si leur candidat l'emporte nous serons délivrés des rats.

M. Gaspard : Et ils ne se disent pas que c'est l'empereur Napoléon qui l'a empesté de la régie et des rats et de beaucoup d'autres choses !

Jean Blaise : Pas possible ! comment Napoléon, ce grand homme que j'aimais tant !

M. Gaspard : Lui-même, c'est lui qui t'a donné les rats, l'année de la naissance, en 1806. Tu vois comme il faut te fier aux promesses. Tous ces gens là se moquent de toi, mon ami ; ne te disaient-ils pas au mois de décembre dernier que si tu nommais Louis-Napoléon Bonaparte président de la république tu ne paierais plus d'impôts ? Ils sont de force à te promettre, pour peu que tu y tiennes, de te faire manger la lime en guise de fromage à la crême. Ce sont toujours les mêmes pièges, et ces pièges-là ne prennent guère les rats de cave, mais ils prennent les pauvres paysans toujours dupes, toujours prêts à se laisser duper. Tous ceux que tu viens de nommer-là sont des farceurs. Ton M. Fagotin est un avocat sans causes, et qui ne se sentant pas le talent de gagner sa vie, veut à tout prix forcer les portes de la magistrature, et vivre aux dépens du public. N'osant se mettre lui-même sur les rangs de la députation, il se fait courtier électoral afin que ses patrons le fassent substitut.

M. Gribouillard est un vieux ladre, un vieil usurier, un vieux cuistre, qui plume Mme de la Pigeonnière et tous les dindons qui fréquentent son château.

M. Minute n'a pas encore achevé de payer son étude. Il n'a jamais de quoi payer l'enregistrement des actes qu'il reçoit, il est à la solde de tous ceux qui lui prêtent de l'argent. Il a une grande giraffe de fille, sa Madelon, dont personne ne veut parce qu'elle n'a pas de dot, et il cherche à la colloquer à son cousin pour lequel il sollicite depuis long-temps une place dans les contributions indirectes. Ces messieurs, pour se donner de l'importance, parlent des paysans comme en parlaient les grands seigneurs de l'ancien régime, dont ils ont tous les vices, tous les ridicules, toute l'avidité surtout, sans avoir rien de leur esprit, de leur politesse, de leur bon goût. Ils ont l'impudence de dire aux candidats : *Mes paysans* de tel commune voterons pour vous comme un seul homme. Je me suis entendu avec Monsieur un tel, qui me répond du village d... Ceci ne serait que ridicule ; ce qui ne l'est pas, c'est que les paysans soient assez bêtes pour se laisser

prendre à de telles amorces. Souviens-toi de ce que je te
dis : Si vous vous laissez prendre encore cette fois, vous
n'aurez plus la peine d'être pris. Si vous permettez qu'on
tripote les élections, la chambre tripotera si bien la Cons-
titution, que le dernier rempart de la République, le suf-
frage universel, sera aboli avant 6 mois.

Jean Blaise : **Mais enfin qui faut-il nommer? Faut-il**
nommer des avocats, des médecins, des avoués, des savants, des militaires, de gros propriétaires, des cultivateurs ?

M. Gaspard : **Des avocats, c'est une assez triste en-**
geance, mais il en faut puisqu'il y a une magistrature ;
nommes-en le moins que tu pourras ;

Des médecins, ce n'est pas trop la peine, on meurt bien
sans eux ; mais enfin il y en a qui peuvent savoir autre chose
que l'art d'enterrer les gens ; tu peux en nommer, si tu en
connais de ceux-là, mais pas beaucoup ;

Des avoués, ils seraient très-utiles, s'ils devaient pro-
poser et soutenir une loi qui atteignît leurs revenus, celui
des notaires, des greffiers, des huissiers, de tous les officiers ministériels, en un mot qui sont au nombre de qua-
rante mille qui gagnent cinq cents millions par an sans
craindre la grêle et la pluie, et qui ne paient rien. Tu
trouverais là presque de quoi remplacer l'impôt sur le
vin. Si tu connais beaucoup des avoués disposés à cela,
nomme-les tous ;

Des savants, c'est une triste marchandise, presque pire
que les avocats, n'en nomme point ;

Des militaires, il en faut quelques-uns, mais des
grades inférieurs autant que possible. Il y aura toujours
assez de généraux à la chambre, et ces messieurs commen-
cent à devenir terriblement bavards ;

De gros propriétaires, il en faut aussi puisqu'il y a encore de grandes propriétés ; mais il y en a très-peu ;
nomme donc très peu de ces représentants-là, et ne les
nomme qu'autant qu'ils prendront l'engagement de char-
ger les grosses cotes et de dégrever les petites ;

Des cultivateurs, c'est là le noyau de la nation ; il y en
a 28 millions sur 36 millions d'habitants ; bientôt il y en
aura 4 sur 3. Nomme beaucoup de cultivateurs, nomme
les plus honnêtes, ils le sont presque tous, et les plus

éclairés; il y en a malheureusement fort peu ; or un imbécile est presque aussi dangereux qu'un fripon.

Jean Blaise : Faut-il enfin nommer des Bonapartistes, des Légitimistes et des Philippistes ?

M. Gaspard : Faut-il se jeter à l'eau quand on craint de se noyer , dans un brasier quand on craint de s'échauder, enfermer le loup dans la bergerie quand on ne veut pas que les agneaux soient mangés ?

Si tu es las de vivre en repos , si tu veux la guerre civile, peut-être la guerre étrangère, si tu veux que les rats mangent et que les percepteurs vendent les meubles et saisissent la récolte, nomme des Bonapartistes, des Légitimistes, des Philippistes. Est-ce que tu ne vois pas que cette Trinité court le même lièvre, que les trois personnes qui la composent se détestent , s'abhorrent au fond du cœur. D'où vient donc qu'elles paraissent d'accord dans ce moment ? C'est parce que chacune d'elles se sent ¡trop faible pour lutter seule contre la République : elles frémissent , elles s'entendent comme larrons en foire pour la renverser par surprise , en trompant les bonnes gens afin de les plumer plus tard. Si jamais elles réussissaient , ce qui ne sera pas, tu les verrais le lendemain jouer le même jeu l'une contre l'autre, et attirer dans leur parti , pour se servir d'eux , les républicains assez jobards pour tomber dans le panneau.

En deux mots, voilà tout le secret.

Il y a très-peu de Bonapartistes en France, très-peu de Légitimistes , encore moins de Philippistes. Mais il y a beaucoup d'intrigants sans opinion , comme sans vergogne dont la République a fort dérangé les affaires et qui voudraient bien arriver et vivre, comme par le passé, aux dépens des paysans. Pour y réussir, ils se sont fourrés sous le manteau de ces trois partis qu'ils flattent , servent et exploitent tour à tour , sauf à s'attacher pour un temps à celui qui pourrait triompher, et qui les récompenserait de leurs honorables services. Les divers gouvernements changent, mais cette vermine-là s'attache à tout , ne change jamais. Il faut qu'elle mange ou qu'elle conspire.

Or, comme les Philippistes et les Légitimistes n'ont pas de chances pour le quart-d'heure parce qu'ils sont trop connus, la vermine met en avant le nom de Napoléon. Elle se garde bien de dire au peuple qu'en 1812 et 1813 Napo-

léon était tout aussi détesté que Louis-Philippe l'année
dernière, et qu'il méritait de l'être. Elle parle de sa gloire,
elle cherche à faire accroire aux ignorants qu'un grand
guerrier est toujours un bon Empereur ou un bon Roi,
tandis que c'est presque toujours le contraire, puisqu'un
grand guerrier est toujours despote, et pour faire la guerre
il faut qu'il prenne tous les garçons et tous les écus ; elle
se garde bien de dire cela, et elle est assez effrontée pour
persuader aux benêts qu'il suffit de s'appeler Bonaparte
pour égaler l'Empereur comme s'il suffisait d'appeler ton
âne Martin pour qu'il suivît mon cheval à la course. Mais
heureusement les paysans n'y regardent pas de si près,
ils gobent là-dedans, ils y ont gobé au mois de décembre,
en nommant Louis-Bonaparte, et ma foi le tour était joué,
la vermine l'emportait si Louis-Bonaparte n'avait vu le
piége qu'on lui tendait. Louis-Bonaparte qu'on faisait
passer pour un sot ou pour un malhonnête homme, a
prouvé qu'il n'était ni l'un ni l'autre. Au lieu d'aller se
casser le nez, comme on l'espérait, en essayant de se faire
proclamer empereur, il s'est contenté de rester président
de la République et de gouverner le mieux qu'il peut.

Aujourd'hui la vermine l'abandonne, un honnête homme
n'est pas ce qu'il lui faut, elle dit pis que pendre de lui,
et elle fait la cour à un de ses cousins qu'elle voudrait mettre à sa place, espérant le trouver moins scrupuleux. Si
elle y parvenait, et si ce cousin, ce que je suis bien loin de
dire, était assez ingrat et assez mauvais Français pour
tremper dans un tel crime, voici, Blaise, ce qui arriverait:

Nous aurions pendant quelque temps un empire pour
rire.

Le renversement de cet empire amènerait Henri V, ce
serait une première révolution.

Le renversement d'Henri V amènerait un d'Orléans, ce
serait une seconde révolution ;

Ce d'Orléans serait renversé à son tour par les républicains, c'est-à-dire par la nation, ce qui serait une troi-
sième révolution. Car, vois-tu, Blaise, il n'est pas plus
possible de faire revenir la France à la monarchie que l'Al-
lier à Brioude, une fois qu'elle est au Pont-du-Château.

Mais les révolutions coûtent beaucoup d'argent, et quand
il faut beaucoup d'argent au gouvernement, les tailles

augmentent , les 45 centimes viennent se joindre aux tailles , et les rats de cave restent par dessus le marché.

Jean Blaise : Ah! oui-dà ! on veut nous ramener à la
royauté par l'Empire qui nous a donné les rats... Ce sont
deux bonnes choses à savoir.

J'ai fait comme les autres au mois de décembre, j'ai voté
comme un vrai Jobard, et si l'affaire n'a pas plus mal
tourné ce n'est pas la faute de ma bêtise. L'on ne m'y pren-
dra pas cette fois, et puisque ces messieurs les intrigants
qui se sont déjà brûlés à la chandelle veulent encore se
servir de ma patte pour tirer les marrons du feu, je
me servirai de mes sept poches pour les mettre dedans
à mon tour. Je ne veux pas me brouiller avec eux, pas si
bête, je prendrai donc tous leurs bulletins, mais je sais
bien celui que je mettrai dans la boîte... Diable! diable!
c'est que je ne le sais pas du tout... quoi qu'i's soient 150 à
se présenter, j'aurai bien de la peine à en trouver 13 qui
soient tels que vous les voulez, honnêtes, un peu instruits
et dévoués à nos vignes...

M. Gaspard : Eh bien ! si tu n'en trouves pas 13 n'en
nomme que dix, n'en nomme que huit. Mieux vaut pé-
cher par omission que par action. Défie-toi surtout des
bulletins de ceux qui ont des fils, des gendres, des frères,
des beau-frères, des cousins à placer. Ce sont des gens
qui mangent à tous les rateliers et qui vendraient toute-
tes vignes, même tes futailles pour un bureau de tabac.

Jean Blaise : Mais...

M. Gaspard : Mais le dernier coup de vêpres a sonné ,
mon ami, bonsoir ! au revoir !

Jean Blaise : Bonsoir, brave père Gaspard , et en vous
remerciant de toutes les belles et bonnes choses que vous
venez de me dire.

M. Gaspard : La meilleure manière de m'en remercier,
et de me donner envie de recommencer, c'est de t'en sou-
venir dans l'occasion et d'en faire ton profit.

FIN.

Riom , imprimerie de E. Leboyer.

www.ingramcontent.com/pod-product-compliance
Ingram Content Group UK Ltd.
Pitfield, Milton Keynes, MK11 3LW, UK
UKHW020136080726
13614UKWH00005B/2256